7초간의 포옹

7초간의 포옹

신현림 시집

민음의 시 267

민음사

7초는 비로소 안심하고, 인간애로 깊어질 상징의 수(數)다. 포옹은 무너진 삶을 다시 일으키고, 우리 인생을 축제로 만들 수 있다. 그렇다고 믿는다. 내 딸 서윤이와 가족, 그리고 도움을 준 많은 분들께 깊은 사랑을 전한다.

2020년 2월
신현림

차 례

4부 울음 상자

프롤로그

7초간의 포옹 1

너무나 고달프게 그리워한 눈
너무나 고달프게 달려온 발
너무나 고달파서 낡은 손을 내봐요

손을 잡으면 슬픈 사람이
금세 안정을 찾는다죠
따스히 손잡는 일은
세상이 넓어 보이는 일이었어요

살아서 할 일은 힘든 손 잡고
안아 주는 일임을 알았어요

당신을 안으면 힘이 나시겠죠
더 넓어 보이는 하늘
빨개지는 당신 손

7초간의 포옹 2

사람의 몸은 참 따뜻해
7초간 포옹했을 뿐인데
비 그친 후의 태양처럼 향기롭지

사람끼리 닿으면 참 많은 것을 낫게 해
상처가 낫고 슬픔이 가라앉고
외로운 눈동자가 달콤한 이슬비에 젖지

닿고 싶어, 낫고 싶어
온통 기쁨을 낳고 싶어
당신과의
가슴 뭉클한

7초간 포옹

7초간의 포옹 3
— 흰 눈사람, 검은 눈사람

싸락눈같이 왜 흩어지나
싸락눈보다 함박눈 포옹이 왜 못 되나
달콤한 하나가 돼서
사랑해도 모자란데
내일 위해 뭉쳐도 모자란데

왜 우리는 자꾸 나뉘는가
흰 눈사람
검은 눈사람

녹아 사라질 시간이 얼마 없는데
서로 포옹할 시간도 얼마 없는데

7초간의 포옹 4

― 후회 없는 삶

신현림, 「7초간의 포옹」, 예산, 2020.

아프면서 포옹하는 일
아이들처럼 맑게 포옹하는 일
나무처럼 하늘을 우러러
한 점 부끄럼 없이 사는 일

포옹이 7초를 넘고부터
사람은 비로소 안심한다
7초를 넘어선 포옹으로
세상을 더 넓게 보고
부끄럼 없이 살 때

기도하고 일하고 사랑할 때
7년, 70년 후회 없이 살 때

나무마다 붉은 등불이 켜져 간다

마스크 구름

사람들은 어딜 갔나
미세먼지 틈에서 나는 어디 있나
마스크라는 구름들만 보였다
구름 덮인 얼굴만 걸어다녔다
외투를 입은 구름을 보며
살아 있다는 착각은 아닌지 나를 만져 본다
내가 있구나, 안심하면서 스산해졌다
구름이 몸까지 덮을 수 없게
마스크 구름들 속을 거닐었다

이 저녁이 스산해도
뒤를 보면 집마다 불이 켜지고 있다
살아 있는 이 시간을 환호하며
저마다 스산한 마음은
누군가 스산한 마음을 찾고
자신을 지켜 줄 마스크를 찾겠지

식빵을 너무 구워 딱딱해진 때처럼
구름이 거칠고 딱딱해져도

언제나

맑은 하늘을 안고
웃는 꽃을 사람들에게 안기려고
나는 더 열심히 몸을 움직였다

당신이 나를 부를 때까지

당신이 나를 부를 때까지
이 푸른 나비가 날아다녀요
문은 열어 놨어요
몸이 가벼워질 슬리퍼를 신으세요

아무도 없어요 햇살이 흰 눈같이 반짝일 뿐
아무도 우리를 부를 사람은 없어요
어떤 소식도 당신을 무겁게 하지 않을 거예요
오늘은 아직 아무도 자살하지 않았고,
빚쟁이도 없고, 먼 바다 고래는
1000개의 비닐을 삼키지도 않았어요
1000개의 비닐이 녹아 수돗물로 쏟아져도
우리 놀라지 말아요 비닐을 안 쓰면 되어요
당신은 용수철같이 너무 긴장하며 지냈어요
일터에 가기 위해 튀어 오를 필요 없어요
이곳에는 안전띠도 필요 없어요
제가 안전띠가 돼 드릴 테니

방금 끓인 커피니까 천천히 드세요

사약 빛깔의 커피향은 미치도록 살고 싶게 해요
저는 커피 매니아, 당신 매니아예요
우리는 너무 오래 떨어져 있었어요

그리웠어요 그리워도 티를 낼 수 없었어요
당신이 나를 부를 때까지 저는 숨어 있을 거예요
이 기쁜 푸른 나비들을 보시어요

이곳은 안부 묻는 법을 잊었고

이곳은
서로 안부 묻는 법을 잊었고
서로 생각이 다르면 등 돌리고
자신만의 흰 목마를 돌릴 뿐이네
흰 목마가 도는 집을 들기도 벅차서
몸이 자꾸 아프고 줄어드네

부자거나 월급, 연금 타는 이들은
이곳에 나쁜 일이 없다 말하고
시장 가게와 푸른 작업복을 입던
일꾼들은 무너져 가는 나라를
느낀다고 아파하네

설마설마했던 일들이 벌어지고
계급의 강물은
움직일 수 없이 딱딱해지네
기대심은 우려의 톱날로 다가오고
말할 수도, 울 수도 없이
목마의 눈동자는 자꾸 커져

얼굴만 해지네 얼굴만 한
눈물이네 두려움이네

아프리카 생각

아프리카 하면 초원에 뛰노는 기린과 사자를 생각했다
영화 「아웃 오브 아프리카」에 나오는 모차르트 음악을
생각하고
로버트 레드포드처럼 멋진 남자와의 연애를 꿈꾸며
수만 마리 홍학 떼의 춤 물결을 떠올렸다

하지만 평화의 춤 물결은 영화 속에나 있었다
시동이 걸리지 않는 자동차, 불 켜지지 않는 전등,
닫히지 않는 창문, 오지 않는 버스
펑크 난 타이어, 일하지 않는 사람들
우간다 한 마을에는 에이즈로 부모를 모두 잃은
에이즈 고아들이 넘쳐 난다
그곳 기차역은 총탄 구멍들이 반지처럼 숭숭 뚫려 있고
사람들은 넘어지거나 일자리를 잃거나
모든 게 엉망이고 늦는 중병에 걸렸다

모든 게 엉망이고 늦더라도
아프리카에는 따스한 반전이 있다
슬픔도 괴로움도 그대로 받아들이는 아프리카인들이 있다

사랑을 찾고 님을 찾는 일은 중요해서
저마다 영혼의 주유소를 갖고
희망 속을 달리는 기차를 기다린다

솥에서 구름을 끓여 죽을 만들고
속도를 줄이라는 뜻의
폴레이 폴레를 외치면서

바다가 보이는 멜랑꼴리

신현림, 「바다가 보이는 멜랑꼴리」, 태안, 2020.

기차를 타고 비 내리는 바다를 볼 때
이게 멜랑꼴리구나 생각했다
베냐민은 일상과 예술의 담장이
무너지는 곳에서 사람들의 멜랑꼴리를 발견했다

쓰레기 더미에서 도라지꽃 더미를 볼 때
도라지가 끌어안은 바람을 볼 때
바람 속에 날아가는 종이 연을 볼 때
종이 연 속에 조선 호랑이 그림을 볼 때
멜랑꼴리는 끝이 보이는 절벽을 보여 준다

끝이 보이는 기다림

누구나 기다림의 칡넝쿨을 감고 산다
칡넝쿨은 물과 태양을 기다린다
태양빛은 붉은 양파 뿌리같이 뻗어 가고
양파 뿌리는 바닥까지, 끝까지 닿으려고

양파 뿌리처럼 나도 끝까지 가 보려고
양파 뿌리같이 나를 바라보던
그리운 시선이 달콤해서
나를 부른다고 생각하는 당신에게 가는지도 모른다

당신이 내게 줄 행복이라는 아편에
뜨겁게 출렁이는 아편 키스에 끌려 가는지도 모른다
한강 물 흰 배 위에서 본
내 나라 비단 물결 기억같이
목을 조르듯 아름다운 서울 밤 불빛
스카프같이 휘날리는 푸른 길
그리움에 목메어 가는 긴 여행길

주머니가 텅 비워지는 두려움 속에
폭풍우가 몰아치지 않는다면
심심해서 어떡해 심심하지 않으려고
매일 죄 짓고, 부끄러운 자 울고 가면서

저마다 기다리는지 몰라
저마다 죄수복을 걸치고
어딜 가나 사는 건 다 비슷해서
우리는 지루한 동지고, 불쌍한 가족이지

낭떠러지가 보이는 곳에서 무너지지 않으려고
무너지는 우리의 멜랑꼴리
손해 볼 것두 아플 것두 없어
뿌리 속의 뿌리는 비어 있으니까

우리 속의 뿌리는 빈 빨대이니
긴긴 빨대인 기차를 타고
비 내리는 바다를 안는 멜랑꼴리

나의 멜랑꼴리는
무너지더라도 무너지지 않는

끝이 따스한 포옹이다
바다 등대 불빛으로 흔들릴지 모를
애틋하다거나, 사랑스럽다거나
매혹의 기름이 꽉 채워진
가슴 설레게 하는 등불
바다 등불이 흘러내리는 멜랑꼴리

커피 마시는 시간

창밖에 바람이 울부짖고
커피 끓이는 물소리처럼 눈보라가 휘몰아친다
아무도 없는 방에서 나는 홀로 앉아 있다
잘 보이지 않는 눈에서 눈물이 쏟아지고
멀리 안개꽃처럼 희미한 사람들을 느낀다

언젠가 친했거나 잊힌 이들이
하얀 눈발 속에서 웃으며 달아난다
안녕, 안녕, 귤처럼 웃으며 멀어진다
밥 한 끼 술 한잔이라도 사 주고 싶던 이들이
내 속의 등잔을 켜고 달아난다

20년이 커피 마시는 시간처럼 빨리 갔다
당신과 내가 있는 것 같지 않은 세상에서
당신과 내가 있구나 안심하는
커피 마시는 시간

또 20년이 커피 끓이는 시간만큼 빨리 갈 테니
다시 포옹할 수 없는 날까지 포옹하고

다시 볼 수 없는 죽음까지 끌어안고
다른 세상에서도 다시 만나자고

아무도 없는 방에서 커피를 마시며
사람들이 어딨나 어딨나 나는 두리번거린다

나보다 추운 당신에게

내 몸은 폐가야
내 팔이 하얀 가래떡같이 늘어나도
당신에게 닿지 않는다

사랑하는 당신, 어디에 있지
사랑하는 당신, 함께 나무 심어야 하는데
사랑하는 당신, 나는 몹시 춥거든
보일러가 고장 났거든
문마다 잠기고, 일어설 수도 없이
몸은 자꾸 지하로 가라앉는다

푸른 기도등불을 켜고
머리카락 한 올씩 차례로 불을 켜 봐요
크리스마스 트리 등잔 같아
나만큼 추운 당신에게 달리는 등잔
당신 얼굴에 비친 거리에 물고기가 날아다닌다
당신 얼굴에 비친 세상이
얼마나 눈물겨운지 나는 안다
당신 얼굴에 엎질러진 파란 하늘이

얼마나 그리웠는지 너는 아니

둥둥 가슴북을 치며
길 떠나는 횃불

아무것도 하기 싫은 날,
아무것도 할 수 없는 날

아무것도 하기 싫은 날은
방에 구름이 떠 있고
꽃향기 넘실대는 느긋함이 있지
뭐라도 해야 쌀이 흘러오는 요즘
아무것도 할 수 없는 날

찬바람이 더 차갑고
우울해서 더 슬픈 날
내 방에 구름이 드리우고
구름이 우유 거품이 되고
구름 속에서 커피가 쏟아지고

커피가 출렁이는 방에서
나는 운다

한강 고래

그 옛날 고래가 잡혔다는 한강을 지나며
고래 보고 놀랐을 조선인들이 떠올라 웃음이 난다
선조 때 지봉유설에 돌고래 잡힌 이야기
홍선대원군 때의 고래 이야기
고래는 한강이 그리워 왔는지도 몰라
고래 보면 주린 백성 배고픔을 잠시 잊었는지 몰라
그날이 그날인 지루함을 지우던 고래는
하얀 강물을 신고 가벼이 춤췄겠지
흐린 한강에는 이제
은어 떼와 고래가 없지만

내 침대에는 고래가 살지
고래 같은 그분이
한강 물처럼 뒤척이지

천년 전 각설이가 돌아왔네

길과 길, 입과 입으로 이어진
백제 유민의 노래는
여름 바람보다 뜨겁게 울었네
품바 각설이 타령이 들렸네

얼씨구 씨구 돌아온다
절씨구 씨구 돌아온다
천년 전의 각설이
죽을 수가 없어 또 왔네
님 그리워 고향 그리워 돌아왔네

천년 전이나 인공 지능 시대나 무어가 달라졌나
다 바뀌어도 죽음과 마음은 바꿀 수 없지 않나
행복은 사랑하는 마음속에 있음은 바뀌지 않아
사랑을 주는 자만이 희망을 만드는 노래
사랑을 주는 자가 그리운 시대에
사랑스럽게 여름 선착장에서 울려 퍼지네

쥐포 굽는 아줌마가 내준

종이컵 커피에서도 소용돌이치네

탄불 끓는 소리보다 끈끈한

각설이 타령

품바 타령이 천박하게 울려 퍼질 때

여름에서 가을 타는 사람들이 흩날리고

내 구두보다 무겁게 흰 갈매기가 날았네

아프도록 아름다운 것을 보러 나는 이곳에 왔다

신현림, 「아프도록 아름다운 것을 보러 나는 이곳에 왔다」, 덴마크, 2020.

짐승과 사람들이 어울려 물 마시는 곳
빛과 물을 따라
마냥 흘러가다 함께 밥 지어 먹는 곳

사랑이 시작되는 한 편의 시를 만나러 왔다

언어의 배는 좋은 상상력을 만나 춤추듯이 나아간다
상상력이 없는 예술은 늘어나지 않는 고무줄
상상력은 나의 구석방
상상력의 둥지에

아픈 세상을 누여라 나는 발톱을 키워라
잠든 머리는 말같이 달려라
아카데믹한 말이여 인식이여 독수리처럼 날아라

녹색 벌판이 사자의 등처럼
끝없이 굽이치는 시를 나는 써야겠다
애 낳은 여인같이 내 몸은
뒤척이는 바다를 향해 열려 있다

1부
내가 나이기도
전에

내가 나이기도 전에

힘들 때마다 당신에게로 흘러갑니다
왜 나는 나고, 당신은 당신인지
왜 쉽게 서로 멀어지는지
왜 생각이 다르면 포옹하기 힘든 건지
찾을 수 없는 답이 찾아질 때까지
헤매며 끝내 당신에게로 흘러갑니다

내가 나이기도 전에 스며든 땅, 나의 모국
내가 나이기도 전에 스며든 내 사랑하는 나라
내가 나이기도 전에 비치는 황톳길 긴긴 슬픔
우리가 둘로 나뉘어도
바다로 가는 강물 하나인 것을

모두 아프면서 뒤척이는 나라입니다
우리는 어떻게 되는지요 어디로 가는지요
주머니는 자꾸 비워져 마음이 드더지고
서민의 눈물은 소나기로도 쏟아지지 못하는 시간

벚꽃이 피면

신현림, 「벚꽃이 피면」, 덕수궁, 2017.

벚꽃이 피면
덕수궁에 북적이는 사람들이 신기합니다
언제 이 많은 사람들이 살았나 싶게
세상의 손님들은 다 모인 것 같아요

누구나 귀한 손님이지요 벌써
주먹밥처럼 눈물겨운 해가 저물어 갑니다

이토록 사람들이 아름다워 보이다니요
아름다움엔 모두가 집니다
하얀 안개처럼 부드럽게 감겨 오는 분위기
그 순하디순한 기운 앞에
아무 말도 못하겠습니다
봄을 이기지 못해 헤매는 이
아예 눈감고 지내는 이도 있답니다

벚꽃잎 휘날리는 날이면
당신처럼 저도 미칠미칠 헤맨답니다

유리병이 당신 혀인 줄 알았어요

흰 눈 내리는 모습을 당신과 나누고 싶었는데, 당신은 없고, 당신 없는 몸을 껴안습니다 참으로 애절해지는 건 언젠가 당신 몸이 사라지든, 내 몸이 사라지든 희망의 움막을 세워 놓고 가야 하기 때문이죠 당신 혀가 내 입에서 사랑을 시작할 때 쑥스럽지만 소중해서 1분이 1년이길 바랐어요 쌀뜨물처럼 흐린 몸 안의 슬픈 피가 모두 지워지는 깊고 깊은 키스 뼈 부서지도록 내 가슴 느끼는 곳을 손가락으로 혀로 더욱 음란하게 도덕적인 부도덕을 어루만져 주세요 얽매이지 말고 얽혀 가요 튼튼한 꿈 칡넝쿨 그 속에 핀 스위트피가 이렇게 예쁜 꽃이었구나 새로 느껴요 아픔을 모두 털어 봐요 한결 가뿐해질 테니, 밥집 문을 닫았어요 서점도 없어졌어요 동네 텅 빈 상점이 대부분이에요 서울의 폐허를 당신과 나누고픈데 당신 몸은 없고 나를 일으켜 세우기 위해 나를 위로하는 일 따윈 절대 말 안 할 거예요 유리병만 벗겨 낼 거예요

유리병만 나를
가두고 있어
유리병이
당신 혀인 줄
알았어요

이것은 불행이 아닐 거야

런던 어디쯤일까
내 고향 의왕 역사처럼
빵 굽는 냄새와 커피 냄새가
슬픔만큼 진해질 때
해는 다 지고 말아

밤이 내리면
모두 하나가 되어
어둠 속에 묻혀 간다
포도주 한 병만 한 꿈을 가지려
어둠 속에 묻혀 간다
별일 없이
아무 그리움 없이 잠을 잔다
이것은 불행이 아닐 거야

나야? 아이스크림이야?

신현림, 「나야? 아이스크림이야?」, 영국, 2020.

나야? 아이스크림이야?
손등이 무너질 때까지
내 생각하고 있어?
나야? 호두 케이크야?

손을 뻗치면 금세 허물어질 것들이네
허물어져서 일어서지 못할 것들
아이스케키가 무너져 물이 될 것들
내게 돌아와 등불로 되살릴 것들

48

절망 중순에 내리는 소나기 속에서
눈먼 채로 사골국을 늪으로 부르고
바람 빠진 공을 해로 부른다

공이냐, 해냐 한끝 차이겠지
사골국이냐, 늪이냐
감옥이냐, 감옥 밖이냐
죽느냐, 사느냐의 문제를 결정할 때

움켜쥘수록 어긋나니
움켜쥐려니 주변이 다치고
곁을 떠나는 이늘이 늘어날 테니
지혜롭게 다 내려놓고
굽어질 땐 굽어지고
아이스크림과 당신 쪽에서 생각하니
나를 넘어
쓸쓸한 얼굴들이
밀 이삭같이 서걱인다

숨을 곳이란 침대밖에 없어

돌아갈 곳도 여기 침대밖에 없지
우리가 어디로 흘러가는지
내년에는 어떻게 될지
아무도 모르고

예감조차 안 되는
이 씁쓸한 시대에
나라를 껴안기 위해
당신 목소리에 귀 기울이고

나를 껴안기 위해
당신을 바라봅니다
하늘은 여전히
멀고 미끄럽습니다

4차 혁명 우산을 든 메리 포핀스처럼

앞으로 나가요 고집 피우지 말고
곧 하늘을 나는 자동차도 나오고
나는 신발도 나오고
메리 포핀스처럼 우산을 들고 날지 모르는데

옛것에서 배우고 앞으로 가요
바람 부는 곳으로 가요
자유라는 지폐가 펄펄 날리는 곳
막힘없이 자유로운 곳으로 가요
상상력이 폭발하는 자유로운 곳으로
4차 혁명 우산을 든 메리 포핀스가 나는 곳으로

우리는 충분히 아파요
상처 없는 우산 파는 곳을 찾았나요
찾았나요 저는 찾았어요
당장을 보지 않고, 멀리 보고 가기에
아파도 아픔이 아니고
쓸쓸해도 쓸쓸함이 아니에요
갑시다 향기롭게 가요

초콜릿 바다

머물고 싶어 캥거루같이 뛰고
살려고 죽을 듯이 일하고
쓰려고 책 읽고 공부를 하고
행복하려고 불행의 손바닥에서 작아진
초콜릿을 만들려고
카카오를 끓이고 계속 끓이면
초콜릿 방이 생길 만큼 커져 갈까

그 방의 달콤한 상상력은
은은히 미풍을 부르고
나 홀로 있어도 혼자가 아님을 느낀다네
당신 영혼이 보이는 자리
'신현림 거리 책방'에 쓸 탁자를
마무리 못질을 하고
플래카드를 직접 쓰고
손님 맞을 준비를 해야 한다

조금 더 쉬고
조금 더 쉰 후에

깊고 깊은 잠 속으로
당신이 보이는 곳으로
초콜릿 장미를 가득 들고
등대가 걸어오는 곳에
초콜릿 바다도 함께 오겠죠

2부
나도 한때
스물두 살이었죠

나도 한때 스물두 살이었죠

짧은 여행과
긴 연애의 꿈을 꾸며
슬픔조차 보약이 되게
토마토가 태양 같아 먹어 보았다
파헬벨의 캐논, 유튜브를 틀었다
공사장의 대형 천막
그 푸른색이 바다인 줄 알았다
서쪽 하늘을 올려다보며 먹은 런치
에그 샌드위치가 하염없이 늘어나면
엄청나게 큰 이불이 될지도 모르겠다

그리스인들에게 볼 수 없음이 죽음이었듯
내가 눈이 있어 볼 수 있음이
행복이구나, 고개를 끄덕일 때
스물두 살 언젠가의 내가 되었다

가구를 날라 줄 당신이 필요해요
커튼을 달아 줄 당신이 필요해요
위험하다는 지구 언덕에

같이 나무 심으러 갈 당신이 그리워요
그렇다고
머슴을 구해 봐요, 하고 말하진 말아요

무엇보다 모닝콜해 줄 당신
밤새도록 자란 머리칼
라푼젤만큼 긴 머리칼을 늘어뜨리고
파헬벨 캐논 선율이 비단인 줄 알고
그 남자 내 머리칼 타고 오는 중이다
누구에게도 보이지 않는 당신
나에게만 보이는 당신

내게 지구 행성의 애국가인
파헬벨의 캐논, 레코드를 걸었다
비단같이 깊고 부드러운 리듬을 따라

어항

생전 겪어 보지 못한 세계를
적응하기 힘들지만,
잘 버텨야겠지

나와 다른 생각을 가진 사람은
늘 낯설지만,
깊은 어항 속에
마음을 넣어 두고 다녀야지

출렁거리는 마음
내 마음 우울한 한 조각
물고기가 물고
어딘가로 흘러가세

덴마크 사과

신현림, 「사과, 덴마크」, 2019.

이완 맥그리거의 풍선은
내가 던진 사과처럼 붉고 아름다웠다
어찌하면 저리 붉을 수 있는지
붉고 따스한 시간 속의 아이를 따라갔다
덴마크인지, 대니쉬 빵 속인지
푸우처럼 뒤뚱거리며 걷던 낯선 길

오래 꿈꾼 들판을 만날 수 있을까
젊은 날 꿈꾼 애틋한 사랑이나
언젠가 죽을 거라는 생각조차 안 하던

아득한 구름 속을 떠돌 수 있겠지

은밀하고 깊은 구멍 속
상상력의 오솔길은 푸근해
아무도 없을수록
몰입의 황홀은 깊어져
몰입만이 모습을 만들지
쓰면서 발견하는 생의 씨앗
기억이란 슬픔이 타는 강

꿀색 구름이 몰려든다
끈끈하고 감각적으로
잠시,
아주 잠시

열아홉 살

그녀는 또 한 번의 낙방을 받아들였다
핏줄을 타고 살을 뚫고 가는 아픔을 느꼈다
길 속에 한 떼의 갈매기들이 날고 있었다
갈매기는 자갈처럼 무거웠다
길을 부수고 쓰러졌다
길에는 구름 한 점이 없었다

길을 잃고 싶었다
무엇이든 잃고 싶었다
더 이상 잃을 것이 없었다
전철 안에서 갈매기 같은 남자를 만났다

그의 방은 터미널처럼 어수선했다
그는 여러 권의 《플레이보이》지를 펼쳐 보였다
처음 보는 책은 더럽게도 기이했다
벗은 남녀의 알몸들이 상한 생선 뭉치였다
어거지로 비튼 근육이 악어가죽이었다
구역질이 났다 육체든 뭐든
자연스러운 게 좋았을 것이다

그의 눈에서
아직 눈뜨지 못한 자신의 내부에서
수컷 짐승이라는 거룩하고 슬픈 난장판을 보았다

그녀는 무기가 될 만한 것을 찾았다 움켜쥐었다
이런 거 싫어요 전 아무것도 몰라요
순진함으로 방파제를 쌓아 나갔다
그는 무사히 정거장까지 바래다주었다

울다 깨어나면

― 17세 소녀들의 비관 자살을 애도하며

내 딸과 같은 17세
어른들은 무얼 했나
진흙 눈물이 쏟아지네
오늘 한강 물은
어미 아비들의 눈물이네

내 딸과 같은 17세
내 딸도 자살할까
조마조마할 때가 있었지
연락이 안 되어 경찰을 부른 적도 있고
딸이 학비 걱정하며 비관해서 출판사를 차렸지
중요한 건 예민한 청소년들이
속마음을 털어놓게
듣는 귀를 소쿠리같이
키워야 한다네

떠도는 새같이 외로웠더라도
입시 형틀이 목을 죄더라도
인생은 캄캄하지만은 않아서

먹구름은 빨간 해를 숨겨 두고
소나기는 무지개를 숨겨 두고

밤의 커튼은
아침 들판을 가려 두고
울다 깨어나면
다른 눈, 다른 팔,
다른 심장이 자란다네

내 딸과 같은 17세
어미 아비들의 진흙 눈물이
한강 물인 걸 진작에 알았다면
너희들이 어찌 자살했을까
죄의식의 목줄이 어미 아비 목을 죄네

좀 더 가까이 포옹하고
귀 기울였다면
좀 더 가까이
서로 어루만졌더라면

북악 스카이웨이를 달리다

북악 스카이웨이를 달리는 중이었다
느끼한 남자가 이상형인 친구가 운전을 했고,
느끼한 은성 여관이 보이자
나는 갑자기 여관으로 들어가고 싶었다
여관에 남았을지 모를
누군가의 옛사랑을 어루만지고 싶었다

친구는 느끼함이 야성미라고 했다 탁해도
야성적인 바람을 마시자고 창문을 열었다
바람 냄새에 섹스 로봇 냄새도 있을까
섹스 로봇을 파는 세상은 무엇일까
느끼한 성범죄가 적어진다는 희망일까
저마다 힘자랑하는 세상에
북악산만 한 힘이 생기는 걸까

남자를 잊고 사는 나와 친구에게
나뭇가지가 꿈틀대며 기어 왔다
난방을 틀어서인지 온몸이 땀에 젖었다
사랑을 안 해도 온몸이 젖고

주르르 미끄러져 가는
타이어에 바람이 빠지고 있었다

하루 한 끼

신현림, 「하루 한 끼」, 벨기에, 2020.

하루 한 끼 먹고 두 끼 굶는 어린이
생리대를 살 수 없는 여학생
겨울밤이 뼛속까지 추운 노인
슬픈 불가사리처럼
명동 길을 기어가는 사내

어떻게든 살아 있지만
어떻게든 살아가기 힘든 사람들

장작 패듯
때려눕히고 싶은 세상

밥과 집세가 너무나 비싸
장작불처럼 뜨겁게 우는 하루

장례식이라는 정거장

장례식이라는 정거장이
97세 둘째 큰아버지는 호상이라 훈훈했다
복도는 개울물같이 출렁여 보였고,
흰 국화가 개울에 둥둥 떠 흐르듯 불빛은 느리고 흐렸다
고단한 남자들이 고단한 아내 몸속으로 숨는 시간
아이들은 장난감을 갖고 놀다가 잠이 드는 시간
흰 국화를 들고
장난감같이 쉽게 부서져 버리는 게
인생은 아닐 거라 믿고 싶었다
우리가 바라는 게 젊음과 건강 외에
아무것도 아닌 듯이 보일 때조차 돈 걱정을 했다
앞날의 잠겨진 문고리마다 열쇠를 찾아야 하지만,
나는 아우의 슬픈 주머니에 두둑히 한세월
걱정 없을 지폐 더미를 넣어 주고 싶었지

우리에게 남은 시간은 얼마인지 세면서
애들에게는 서로 외롭지 않게 보내라고
목도리를 사서 하나로 이어 준다
강물보다 길고 깊은 게 사랑임을

목도리 하나로 보여 줄 수 있을지 모르나,

흰 국화꽃 잎이 흰 눈발로 쏟아져 내릴 듯이 아프고
아름다운 초겨울의 문을 아이들에게 기쁘게 열어 주고
싶다

태어나고 죽는 게 수돗물 틀고 끄는
일같이 쉽게 느껴지는 시간
정거장에서 잠시 만나
하나둘 흩어지는 동안
따스한 별들이 쏟아지고 있었다

3부
깨달은 고양이

에밀리 디킨슨이 주는 위로

사람들은 줄을 서서 잔칫집을 향해 갔고
세상이 바뀌고 홀로 남겨진 채
그는 멍하니 길에 섰다

춥고 거친 바람에 휩싸여
10년을 보낸 후
주머니는 텅 빈 채
머리는 멍한 채
죽고 싶어도 죽을 수 없고
살자니 다 쓴 빗자루처럼 힘이 없었다

춥고 거친 바람에 휩싸여
에밀리 디킨슨을 읽으며
그는 마음을 놓았다
시 일곱 편 발표 후 모든 문을 닫고
평생 1700여 편의 시를 썼다는 위로
2만 편의 시를 썼다는 이백의 위로까지

위로의 잔칫집은 마음 안에 있었다

빈센트 반 고흐가 주는 위로

신현림, 「반 고흐가 주는 위로」, 프랑스, 2017.

하늘부터 땅끝까지 흐렸다
우와즈 강 위로 꽃이 떨어지고
푸른 밀밭 길에 까마귀 한 마리 날았다

고흐가 사랑하던 밀밭 길 따라 걸으니
죽고 싶게 한 우울은 동전같이 따스해지고
해는 내 외투 주머니에서 불타오른다

푸른 밀밭 길이 붉도록
눈물은 흐르고
죽을 줄 알았던

내가 살아 있었다

막막한 일 따위는
까맣게 잊어도 좋았다

랭보의 「감각」이 주는 위로

하늘로 종소리는 날아가고
그 무엇도 돌아올 수 없어도
반지하 창고 집 내 침대 밑으로
고향 족제비가 돌아왔다
족제비를 피해 병아리들이 숨고
병아리 밥 주러 간 엄마가 보였다
방 안으로 살구꽃 비가 날리고 있었다

방 밖으로
파마머리 같은 비가 구불구불 내릴 때
어떻게 해야 할지 모를 때
나는 슬퍼져 침대 밑을 보며
당신을 생각하고 있었다

하늘로 종소리는 날아가는데
당신이 내게 무얼 하고 있느냐고 묻는다

랭보의 시를 읽으니
보릿날 쿡쿡 밟는 감각이 돌아오고

말랑말랑한 사람이 되는 거예요
언제는 사람이 아니었냐, 물어보시면

저는 흙덩이었거든요

은둔자*

강 속엔 검은 해바라기 여자들이
죽어도 죽지 않는 괴로움이
꿈에 섞여 자라고 있었다
100년이 지난 지금도 자라고 있었다
닫힌 아틀리에에서
클림트는 강으로 그림 그리고
그 강을 마시며
에곤 실레는 100년의 죽음을 살고 있었다

언제나
강은 아름답고 황홀한 독약이었다

* 에곤 실레의 그림 「은둔자들」.

마크 로스코의 바다

병든 아이가 온다 진한 연필 냄새로 타는 냇물 위로 온다 아이가 파란 달빛으로 바이올린을 켜면 색이 달린다 고통의 바람을 헤치고 물고기가 된다 새가 된다 죽은 꽃이 꽃병 안에서 긴 숨을 쉰다 강물이 빨간 길이 날아간다 아무리 날아가도 보이지 않는다 보이지 않는 화폭 속 깊이 숱한 이야기가 술렁인다 저승과 이승의 똑같은 슬픔들이 만나는 곳, 마크 로스코의 바다

퀸, 바로 이거야*

한 번뿐인 인생이
사라져 가는 청춘이
감자 깎는 칼같이
아리고 아름다워서 목이 메이지

미칠 것 같은
미치지 않으면
제대로 산 게 아닐 거 같은
그 이상한 기분
화산의 마그마가 흘러내리는 뜨거움
바로 이거야, 내가 원했던 음악이

지겹고, 끔찍하고, 힘겨운 인생
그 끝없이 열고 닫는 희망의 뚜껑
녹는 유리병 속에 우리가 바다로 갈 때까지
다만 열렬히 부서져 날아갈 때까지
퀸, 프레디 머큐리
바로 당신인 거야 내가 원했던
아름다운 광기

당신의 열기
끝끝내 살아남는 목소리

* 프레디 머큐리 「Don't stop me now」를 들으며.

부베의 연인

슬플 때 가끔 듣는 멜로디
부베의 연인
부베의 석방날만 14년을 기다린
이탈리아 시골 처녀의 순정 이야기
요즘 누가 14년을 기다릴까

찬찬히 보면 저마다 기다린다
결혼 안 한다는 솔로들도 사랑 그물을 드리우고
40도 무더위 속에서 우리는 흰 눈을 그리워한다
가난한 술잔에 노을 같은 시가 쏟아지길 기다리고
기다리다 목이 길어지고 눈이 나빠진다
기다리다 연탄가스를 감고 사라진다

내 마음 골목길 끝까지
부베의 연인 멜로디가 흩날린다
흩날리고 나뉘는 마음이
기다림보다 단단해지게

흔들리는 건 당연한 일이니

덜 흔들리는 때를 기다리며
잘 견디면 자신감까지 생겨나니

나와 당신은
장갑보다 따스한 손길과
웃는 일을 찾고 있다

깨달은 고양이

신현림, 「깨달은 고양이」, 크로아티아, 2018.

어느 틈엔가
슬픔으로 커다란 고양이가 되어
푸르디푸른 바다를 바라보고 있었다

푸른 바다를 굽어보며
몸은 저금통보다 따스했다

내 저금을 나눠 주고픈
가난한 이들이 너무나 많고

빚도 많아 매일 야근을 해도
갑갑한 몸은 시원해지지 않아

돈이 푸른 바다가 아닌데,
바라볼수록 마음이 쓸쓸해져
하늘 가까이 날아올랐다

어느 틈엔가
큰 저금통이 될 거 같아
꿈의 지붕 위를 마구 뛰어다녔다

4부
울음 상자

울음 상자

신현림, 「울음 상자」, 서울, 2007.

누워서 책은 읽고
누워서 유튜브를 보고
누워서 가늘게 흔들리는 커튼을 보며
내 상상력의 커튼을 열어 간다
커튼을 열면 우르르 쏟아지는
한여름 눈보라가 나를 즐겁게 한다
작은 눈보라는 작은 농담일지 모른다

이 시대는 심각한 진담이 되어
우리는 다른 피부를 갖는다
때로 만나기도 힘들어진다

달라서 멀어지는 일은 작은 죽음이다

우리는 이래서 끊어지고 저래서 끊어지며
작은 눈송이 같은 죽음을 키워 간다
혼자가 제일 편하다고 거짓 위로를 한다
눈보라가 한바탕 휩쓸고 가면

침대와 결혼한 사람처럼
그저 눕는 게 제일 편하다면서
천천히 장작같이 말라 갈지 모른다
화장장에 어울리는 땔감으로
사라지기에 안성맞춤인 땔감으로

항아리역

항아리역에 내리니
집 한 채만 한 큰 항아리가 보였다
백자 항아리처럼 희고 투명했다
투명한 항아리에 비친
내 모습은 물고기처럼 작았다

사람인 이유를 찾으러 이곳을 온다죠
우리가 사람 이전에 물이었으니
생각이 많아집니다

좁은 방이 싫어 바람 쐬러 나왔다가
싫은 곳에 있어도 만족하고
산가에 산아도 만족하려
마음을 가만히 놓아둡니다
하늘로 희고 여린 물고기가 헤엄쳐 갑니다

쓸쓸해도 쓸쓸해하지 않는 물의 마음을 안고서

누구나 울고 있어요

길에서 우는 사람
방에서 우는 사람
화장실에서 우는 사람
홀로, 홀로, 우는 사람
친구 품에서 우는 사람
고양이 품, 엄마 품에서 우는 사람
멀리 갈 필요도 없이
아무 데서고 울 수 있다면
다행이에요
아무 데서 울 수 없어
강물에 빠져
강물이 대신 울어 달라 하진 마세요
왜 우냐고 물어 줄 사람이
아무도 없다고 옥상에서
붉은 와인같이 쏟아지지 마세요
누구나 울고 있어요
울 수 없을 때까지
크라잉 소나기

하늘에서 내릴 때
나도 울고 있어

홀로 김밥을 먹는 저녁

나는 둘로 나뉜다
나무가 둘로 쪼개지듯 이게 아닌데
내 꿈이 하루 벌이 생은 아닌데
가슴을 열어 보일 이도 없이
홀로 도시락 김밥을 먹는다

서류가 가득한 책상
저녁 해도 뜨겁게 나뉘고
몸이 흐물흐물 녹으면서
종이가 찢어지고 가슴이 달력같이
쉽게 찢어지고 있다
지금의 나는 누구였을까

사람은 배반해도
일만은 나를 버리지 않기에
일을 사랑하는 나만 남아 있다
내가 누구인지 모른다
누구인지 모른다

어제 죽었는데 오늘 살아 있어

우리가 죽어도
저리 하늘은 맑겠지
아무 일도 없었다는 듯이
쓰레기차같이 고단한 몸은
어제 죽었는데
나는 살아 있어
신기하지
소설보다 더 소설 같은 일들
파도에 떠밀려 가는 힘자랑하는 남자들
이념의 쓰디쓴 그림자가 흰 구름으로 바뀌어
모두 고루 쉬어 가는 푸른 풀밭으로 바뀌어
맑은 내일이 오길 바라
평등한 마다로 기는 기찻길에
검은 물고기들이 쏟아지지 않길 바라
긍정적으로 보는 사람들과
염려의 꽃을 던지는 사람들 속에
서서
오래도록 나는
흰빛이 쏟아지는 하늘을 보았다

통조림 속 하늘

새들은 날아가고 바다는 얼어붙고
펜은 구부러지고 의자는 부서졌다
내가 나인지 누구인지
무엇을 원하는지 무얼 할지 모른 채
맷돌 돌리듯 몸을 움직여 간다

끝없이 일해야 하고 살아야 하는
고단함을 뭐라 말해야 하나
몸에 맞지 않는 옷처럼 만사 불편하고
적응하기 힘든 상태를 뭐라 해야 하나

자꾸 눕고 싶을 때마다
방바닥은 꺼져 들고
가난도 불행도 지겹다고
이도 저도 힘들다고 생각하면
방은 방마다 통조림처럼 조여 왔다

삶은 끝없이 육체의 동굴에
불 지피는 일임을 알지만 끝없이

나는 날아오르고 싶지만
눈부신 해오라기처럼 날고 싶지만
하늘은, 나의 하늘은

수술실로 가는 기차

수많은 물고기가 떠오르고
그물 속의 물고기가 발버둥 치고
병든 기차가 떠내려가고
긴 복도가 고무호스처럼 꿈틀대고
터진 입처럼 복도 유리창이 흔들리고
온몸에 유리 박힌 듯
아픈 아이가 지나간다
길 닦는 아이가 지나간다
방마다 몸져 누운 환자들
녹슨 희망의 엽총
녹슬어 가는 울음 녹슨 휠체어
창밖 하늘 고름 흐르듯
달라붙은 비둘기 떼
병든 네 오른발
너덜대는 쇼핑백처럼
수술실로 간다

얼룩

나는 해진 신발이다 아무 쓸모없고 슬프다
아무도 모르고, 아무에게도 갈 힘이 없다
나는 안개에 젖은 나무 그림자며
안경에 낀 얼룩이며
아무것도 넣고 싶지 않은
텅 빈 자루다

어쩌다 몸은 자신감을 잃었는가
어쩌다 어둠과 바람으로 가득한가
바뀐 세상을 빨리 따라가지 못해서인가
롤러코스터를 탈 때처럼 구토증이 인다
어찌 바뀔지 모르는 내일이다

스스로 힘없음을 받아들이고
단단하게 굳은 시멘트 계급을 받아들이고
또 무엇을 받아들여야 하나
아무리 어둡고 막막하더라도
내일은 희망 불꽃이 터지리라 믿어야 하나

기묘한 욕조

방에만 있으면 방은 욕조가 돼
집 앞만 나서도 세상은 환하고 넓은데

욕조에 갇혀 외로워 떠는 이는
남에게 손을 내미는 이보다
심장 발작으로 죽기가 쉽지
문제는 심장이 멈추기 전에 자살을 한다는 거야
텅 빈 복도에 빛이 쏟아지듯
쓸쓸한 삶이 덜 쓸쓸할 수 있는데
방법을 못 찾은 채 어둠 속을 헤매니 어떻게 할까
너와 나의 인연만큼
이 기묘한 생의 여행을 마치려는
너에게 어떤 위로를 할까
장기 기증하고나 죽지, 농담할 수도 없고
우연히 마주치는 이에게 연꽃 같은 미소는 지어 봤나

무거운 생의 철문을 닫을 만큼
죽어라 살아는 봤나 물을 수도 없고,
욕조 밖에는 강아지가 뛰고 해가 구르는데

욕조 밖으로 나오면
사람 사이 흐르는 강쯤은 쉽게 건너뛸 텐데
작아지는 욕조가 바다가 되게
너의 슬픈 눈동자에 비를 내리고
네 어깨에 가벼운 날개를 달아 주면
욕조 밖의 햇살을 받고
너는 다시 일어설 텐데

슬픈 약국

기쁨을 나누면 질투가 되고,
슬픔을 나누면 약점이 된다니요

얼굴은 화장 속에 표정은 가면 속에
입은 침묵 속에 가두어야
아플 일이 없나요

머리 아파요 가슴이 아파요
저는 약점투성이의 사람이에요
감출 것도 없고 가진 것도 없어요
저는 텅 빈 주머니라
가면이 필요 없어요
아파도 약국이 필요 없어요
텅 텅 텅, 문을 두드려도 답이 없어요

제가
슬픈 약국이니까요

서촌 옛집

마당은 잘 있나
다락도 고동색 마루도 안녕한가
제비가 봄을 물고 날아오나
대문 틈으로 살며시 들여다본다
집 앞 이상의 집에서
이상이 기침 콜록이며 시를 쓰나 들여다본다

인왕산에서 날아온 나비와 실잠자리가
신비로워 가슴 두근대던 날

이때만큼은 내 가슴이 완두콩보다
단단히 박혀 있는 것만 같아
몸에 울음이 가득 차면
완두콩은 어마어마하게 불어난다

주체 못할 슬픔으로 커다래진 완두콩은
바람이 불면 나무 대문 쪽을 본다
누가 오시나
누가 오시나

서정적인 눈물

서정적인 사람들은
소심해서가 아니라
세심해서 눈물을 흘린다

빗물이 홈통을 타고 내리듯
당신 몸을 타고 내린
눈물은 강물로 흐른다

지금 마시는 커피도
누군가의 눈물이라 생각하니
마실 수가 없다
서정적인 눈물이 자꾸 흘러내린다

5부
우울한 러브 신

우울한 러브 신

당신은 우울한 침대 위에 있고
그녀는 테라스에서 담배를 비벼 끈다

당신 몸을 끌어안으니 백열등처럼 밝아진다
한 번 더 끌어안으니
당신이 엘이디 형광등인 줄 알았다
서로의 몸은 매달려 있다
서로가 기댐으로써
혼자가 아니라는 환상을 가진다
환상이 일회용 휴지라도 없어서는 안 된다
당신이 없어서는 안 되듯이

사랑은
오후 4시에 부는 바람이고
지구 끝에서도 서로를 응시하는 것이다
응시한다면서 서로 감시하고
서로의 무게를 이해하면서도
들국화 가득한 손가방만 생각하고
자신만 생각하기도 바빠지니

사랑의 아름다운 노래란

불어 버린 국수처럼 하수구로 빠져 버린다

젖은 슬리퍼보다 더 쓸쓸해진다

그래도 그녀는 사랑을 믿고

절망 담배를 비벼 끈다

당신만 모르고 있어요

눈이 내리고 비가 내려도
당신이 어디에 있든
나는 따라갈 수 있어요
화살표는 발밑에 있고
내 가슴이 먼저
당신을 알아보고 간답니다

당신이 쓴 모자, 입은 옷
슬픈 일, 이루지 못한 일,
모진 꿈까지 편해지게 어루만집니다

밤이면 허물이 벗겨져 날아가고
화살표 따라 새 계단이 흘러내리고
꽃이 흐드러지게 핀
아침이면 맑은 물병이 놓이고
앓고 난 자신이
새로운 자신으로 깨어나는 걸
당신만 모르고 있습니다

하루는 유언장처럼 슬퍼도

온 국민이 사랑하던 배우가 죽었다
아무리 슬퍼도 다른 뉴스가 밀고 가면
금세 다 잊힌다
슬퍼서 아무도 없던 길 위에 차 소리가 가득했다
해는 다시 빨갛게 떠올랐다
그때 외침이 메아리쳐 왔다

"천천히 가."
뒤를 돌아봤으나 아무도 없었다
분홍 겹벚꽃잎들이 흐르르 휘날렸다
그때 천천히 나를 살피며 가는 일이
남을 사랑하는 일이구나 깨달았다
분홍 겹벚꽃잎들이 흐르르 휘날렸다

인생에서 고된 노동과 외로움은
벗지 못할 속옷이라 여기며 살았다
그래도 인생은 하나님 선물이라 나는 늘 감사했다
죽음마저 고맙기까지
얼마나 깨지고, 마음을 비워야 하나

생은 물거울보다 깊고 눈부시다
분홍 겹벚꽃잎들이 흐르르 떨어져 날렸다
하루는 유언장처럼 슬퍼도
빵보다 따스한 빛이 쏟아졌다

시 꽃이 피었습니다

—C를 위하여

너는 뜨는 어린 가수를 좋아하고
나는 내 글 속의 주인공을 사랑하고
그게 어디야 알아서 업그레이드되고
그게 어디야 돈도 시간도 안 들고
그게 어디야 솔로라도 괜찮아

솔로들을 위한 위로와 격려는
노을빛으로 어른거리지만
너는 환한 거울같이 빛나고
나는 웃지만
사랑 그 큰 언덕에서
솔로라는 브랜드를 훌훌 벗어던지고
남녀 애정 구름 속으로 빠지면 좋지

너는 노을 물든 시 같은 사랑을 누리고
나는 사랑하는 이에게
매일 아침 시꽃을 피워 드리면
서로의 편이 되어 줄 짝꿍이 있다면

인생이 10미터도 안 되게 짧고
바빠도 쓸쓸히 흐르는데
시간 볏짚단만 쌓아 놓고 가는데
시꽃만 매일 피워 내는데

너는 행복 언덕 꼭대기에 잠시 있기보다
자주 행복을 느끼는 게 소중하고
나는 자주 하늘을 보며
눈시울이 뜨거워지곤 했다

울적함을 좋아하기로 했다

어쩔 수 없이 내 안의
울적함을 좋아하기로 했다
울적함은 외로움이며
자주 어두운 바다로 밀려간다

아무리 어두워도
성냥갑 속처럼 환해질 때가 있다
겨울 버스와 지하철 속에서
울적하면 더 고약한 냄새가 나서
누군가는 지그시 참고 내게 미소를 준다
그 미소만으로 가슴에 성냥불이 켜진다

꼭 피가 섞이지 않아도
함께 밥과 차를 해도 가족이다
가족은 벚꽃 담장 같아서
멀리서도 눈부시다

문이 열리는 고마움이
닫힌 문을 이기는 걸 나는 믿는다

쓸쓸히 혼자 길을 가도
혼자 가는 게 아니었다
하늘과 바람 물결,

오늘도 해가 떴다

어디나 당신을 안아 주는 것들로 가득하다

신현림, 「어디나 당신을 안아 주는 것들로 가득하다」, 경주, 2020.

흩날리는 바람도
구름 화석도 강물도 모두 당신 거지요

이불같이 끌어당길 바다가 없어도
바다를 그리워하는 눈동자가 있고
자꾸 늘어나 해를 굴리는 손이 있고

더 이상 갈 곳이 없어도 구석진 방이 당신 거예요
더 이상 꿈꿀 수 없이 막막한 꿈이라도
달과 별이 살고 있고

더 이상 되돌아갈 어제가 없어도
떠올릴 추억의 방이
당신 거지요

연기같이 스르르 빠져나가도
이 시간, 이 슬픔, 이 무기력함 속에
싹트는 나약한 겸손의 풀밭도 당신 거예요

다시는 당신을 볼 수 없어도
사진 속에 당신이 있어요
당신을 안아 주는 것들로 가득한
추억 화석인 당신 이미지 한 컷

내가 사라질 때까지
내 품에 당신을 안고 있어요

당신이라는 선물

당신은 나를 안고 다니는군요
그러다 스카프처럼 길에 흘리면 어쩌시려구
스카프는 아니어도 스카치테이프처럼
저를 가슴에 붙이시다니요

저와 하나가 되어 함께 걷고
함께 노래하고 함께 잠든다니
이제 홀로 어디를 가도 두렵지 않고
어두운 밤 삼청 공원이나
비 오는 광화문을 지나도 외롭지 않겠어요

한강 물 위로 몸이 쏟아질 듯
일이 안 풀릴 때도 당신과 함께임을 느낍니다
남과 북으로 우리 이제 나뉠 수 없어요
나뉘지 않는 하늘
나뉘지 않는 바다
흐르고 흘러 넘치듯이

6부
엄마의 말

엄마의 말

물안개처럼 애틋한 기억이 소용돌이치네
한강 다리에서 흐르는 물살을 볼 때처럼
막막한 실업자로 살 때
살기 어렵던 자매들도 나를 위한 기도 글과 함께
1, 2만 원이라도 손에 쥐어 주던 때
엄마가 20만 원까지 생활비를 보태 준
기억이 놋그릇처럼 우네
내 주신 전세비를 갚겠다 한 날
엄마 목소리가 뜨거운 메아리로 되돌아오네

"살기 힘들어도 그 돈을 내가 받을 수는 없는 거다."

엄마의 말은 나를 쓰러지지 않게 받쳐 준 시지대였네
인생에서 잃기만 한 것이 아니라
사랑받았다는 추억이 어두운 몸에 불을 밝히고
답답할 때마다 물기 젖은 바람을 불러오네

쓸쓸한 유리병

사람들은 저마다 유리병에 갇힌 듯
자기 말 외에 들을 수 없게 된 건 아닐까
서로 기댈 수도 없이 쓸쓸한 유리병에 갇혀
혼자 웅웅대는 모습이 나고, 너인 듯하구나
아무리 두들겨도 열리지 않는 문처럼
네 얘기를 안 듣는 게 아니라,
못 들을 만치 힘든 때가 요즘이란다

이것만 알자꾸나
세상에 변치 않는 사실 하나

내가 너를 사랑하는 것과
떨어져 있을 때조차 함께 있음을
누구나 완벽하지 않고

올고 싶을 때라도 못 우는 이유가
쓰러지면 안 될 "엄마"여서란다

10월
— 딸에게

가을바람 속에서
아파하는 나는
또 다른 내가 되어 좋단다

산다는 건
수없이 많은 작별의 인사를 나누고
끝나지 않을 슬픔을 질러가는 거란다
일이든 우정과 애정이든 그 아늑한 우물을 파고
쓸쓸해진 마음을 바다에 묻는 거란다

다시 솟는 혼의 샘물을 마시고
감동하고 전율하고 사랑하며
매일 다시 사는 거란다

가을이 바닷속에 잠겨 가면
가슴에 담은 바다를 흔들어 보고
먼 하늘까지 파도 소리가 흘러가면
이렇게 외치는 거란다
시간이 가도 사랑은 멈추지 않는다고

고래가 해를 삼켰어

와, 고래가 해를 삼키다니
와, 고래 입속에서 해가 웃다니

따끈따끈 감자 같은 해가
고래 입속에서 웃고
고래도 덩달아 웃고
나도 덩달아 웃음이 나네

와하하하 웃으며
고래가 바다를 달리고
와하하하, 나도 바닷가를 달렸네

꾸준히
― 내 사랑하는 딸 서윤이를 위하여

신현림, 「꾸준히」, 봉평, 2020.

살아보니 꾸준히가 답이었어
꾸준히 수를 놓듯이
꾸준히 어둠 속에서 달 뜨듯이
그저 애쓰며 나아가렴
책 안 읽고 역사를 모르면 이곳에 있을 이유가 없단다

그것으로 외로움에서 벗어날 수 있단다
괴로움도 동굴 탐사같이 흥미로울 거란다
꾸준히가 슬픔 속에서 숨을 고르며

너를 빛내려 숨겨 둘 거란다
숨 쉴 수 없이 초라했던 시간은
네 실력을 키우는 최고의 순간이 될 거야
꾸준히가 너를 어디든 데려다줄 거야
꾸준히가 행복한 기억 정원을 만들 거야
꾸준히가 너를 지식 발전소로 만들 거야
지식은 지혜 창고가 되어
네 몸이 어두워질 때마다 너를 살릴 거란다

슬퍼하지 말렴
슬프지 않으려 슬플 시간도 많고
꿈꾸다 꿈꾸지 못할 시간도 많으니

지치지 말렴 누구나 지치고 외롭단다
저마다 고독한 시간을 견디고
꽃피우려 바쁜 거란다
바쁘지 않으려 바쁘고
배고프지 않으려 배고픈 나날이란다

새로운 사랑 꿈은

싸늘한 옛사랑을 따스히 남겨 둘 게야

겨울이 지나면 눈보라는 꽃보라로 바뀌고

겨울 외투 속의 텅 빈 큰 바람은

채워지기보다 빠져나갈 거야

겨울 외투는 다시 시작하는 기운으로

따스한 봄날 봄바람으로 부풀 거란다

내 딸, 내 사랑

힘을 내렴

책 읽는 여자의 특별한 기쁨

책을 읽는 동안 맑은 바람이 불어왔다
나무 냄새 나는 책을 열면
언제나 바람이 불었다
문장과 문장 사이를
물고기가 냇물인 줄 알고 헤엄쳤다
물고기는 작고 납작해져 갔다

책을 읽다 보면
인생이 물고기 뼈처럼 아주 단순해져 갔다
터미널처럼 어지러운 머리와
타인과 이어지려는 마음은
책에 흐르는 냇물 속에 부드럽게 풀어진다

노트 위에 한 줄 맑은 바람이 지나갔다
그 바람 속에 투명한 물고기가
뼈를 비춰 내며 헤엄치고 있었다

에필로그

3일은 행복할 거야

함께하는 이 시간 너와 가까워졌어
푸른 바다가 아니라 바닥이 보여 좋았어
두 발이 투명해지는 바람이 보이고
감출 수 없는 마음까지 보여

함께하는 이 시간
돌 하나가 찰떡같이 쫄깃해 보이고
밥맛, 술맛까지 달콤해
밀크처럼 부드러운 바다
밀크빛 로션처럼 스치는 바람
3일은 행복할 거야

한세한 숙자리 쳐 따스했어
좋은 사람들과 술자리로
적어도 3일 동안은 행복해
오래갔으면 좋겠어
당신과의 이 놀라운 친밀감

너무나 괴로웠던 일은

너무나 괴로웠던 일을 입 밖에 꺼내지는 말렴
괴로운 기억은 그물이 되어 너를 가두고
그 속에 걸린 너는 종이 물고기가 되리니

너무나 괴로웠던 울음은 밤바람에 씻어 버리렴
깊은 잠을 잔 후 너는 다시 태어나고
흰 꽃들이 푸른 하늘에서 쏟아지는
기쁜 시간이 와서 괴로움을 거둬 가리니

너무나 괴로웠던 일은 입 밖에도 꺼내지 말렴
너의 하늘로 너의 들판으로 솟아오르렴
해의 옷, 빛의 옷을 입고서
너는 다시 바닥을 치고 올라올 것이다
아플 만큼 아팠으니
다시 새싹을 틔우고 푸른 들을 그릴 것이다

오, 미스터리한 인생

돈 있어서 실컷 노는 인생
열심히 일해도 바닥인 인생
배워도 배워도 그 끝이 없고
파도 파도 허망한 구멍의 끝이 없다

기다려도 기다려도 님 오지 않는 인생
헤어져도 헤어져도 금세 님 생기는 인생
뭐가 뭔지 모를 안개 펄럭이는 인생
침대에서 태어나 침대 위에
사과나무 한 그루 꽃피우면
잘 사는 인생

모든 손짓, 몸짓이
사랑해, 사랑해 줘,
사랑할래, 그런 뜻인 줄만 알고
살아도 살아도 모를 꿈결 인생
죽어도 죽어도 모를
오, 미스터리한 인생

저녁 바람이 부는 퇴근길

모든 일로부터 놓여나는 이때
가슴의 새들이 진통하는 이때
몸은 새알이 가득한 둥지가 된다
바닷바람에 새들은 나를 깨워 흔든다
나를 데리고 날아갈지도 몰라
나를 바꿀지도

평생을 좇는 어리석음처럼
긴 그림자가 무겁다
좀 더 여유를 가졌다면 실패 안 할 일들
좀 더 사랑했다면 못 헤어졌을 관계들

아쉬워하면
가슴은 언 저수지처럼 추웠다
그렇다고 후회하진 않겠다
인생은 과오로 쌓인 언덕이고
언덕 위 실패의 낭떠러지는
외로울 각오로 다시 일어서게 한다
다시 살지 않으면 안 되었다

시원한 샤워처럼 저녁 바람이 분다
새들이 나를 이해하고

새들에게 나는 기댄다
새들이 나를 거칠게 흔든다

명동 성당 앞에서

명동 성당 종소리가 울리고
지친 몸은 흐느꼈다
먼 애인이 오시는가
먼 행복이 나를 부르는가

꿈의 보일러가 또 터지고
다시 안개처럼 흩날리는 성당 종소리

내 집에 없는 햇살이 쏟아지고
하루치 마지막 기쁨을 헤아렸다

아주 적은 살림만으로
잘 사는 수노자늘의 빛을 헤아리며
걱정도 괴로움도 얇은 봉투처럼 비워 갔다

포옹이 주는 위로

우리는 꼭 껴안았다
껴안을 땐 서로 부드러운 스펀지가 되어
서로의 염려와 슬픔을 빨아들인다
우리가 껴안는다는 건
나는 네 안에 있어
언제 어디서든 외로워하지 말라는 뜻

기쁨은 함께 나눌 때 배가 되니
같이만 있어도
행복이란 고래가 하늘로 날아오른다
누군가 혼자 있을 때
말해 보는 것
"이리로 와 함께 얘기해요."

사람은 그저 누군가가
옆에 있기만 해도 살아갈 수 있다

고래가 하늘로 날아오른다

신호등이 켜졌어

신현림, 「신호등이 켜졌어」, 서울 신천. 2016.

남들이 잠든 시간 새벽 2시경
나는 밖으로 뛰어나가 사진을 찍었다
눈이 오는 밤 풍경을 얼마나 찍고 싶었던가

눈이 내리는 모습만큼 가슴을 파고드는 것도 드물다
살포시 눈이 내린다는 친화력
덤으로 오는 인생의 아름다움
흰 눈이 세상 만물을 이어 주고 부드럽게 에워싼다
흰 눈 속에서의 차가움은 차가움이 아니고
흰 눈 속에서의 기다림은 기다림이 아니다

푸른 신호등이 켜지길 사람들이 기다린다

"신호등이 켜졌어."라고 말하는 순간
모든 갈등을 없애 버릴 듯한
눈이 하염없이 내 눈을 적신다

해바라기 씨앗을 사 들고 가는 저녁

손끝에 노란 달이 걸렸어
이곳이면서 어딘가 이곳이 아닌 색
지렁이처럼 꿈틀대는 고흐의 해바라기색
소피아 로렌 영화의 기구한 해바라기색
태양색이라 우러른 때와 유다가 입어 피했던 때
19세기 아방가르드 예술가들이 좋아해
힘찬 이미지로 바뀐 노란색
그리움에 사무치는 색

어쩌면 오지 않을 내일과
시간이 멈춘 지금
해바라기 씨앗을 사 들고 가는 저녁

우리는 더욱 사람이고 싶습니다
─ 신현림의 '몸의 시'와 '더 큰 몸의 시'에 대하여

나민애(문학평론가)

'몸의 시'가 품은 언어, 마음, 행동

시인 신현림에 대해서 이야기하기 위해서는 우선 작가 신현림에 대해 언급할 필요가 있다. 왜냐하면 신현림의 시는 텍스트 안에만 있지 않고 그가 경험하고 살고 만드는 예술적 일상 안에 존재하기 때문이다. 사진, 그림 등 지금까지 신현림 시인은 시뿐만 아니라 전방위적인 예술 활동을 해 왔다. 각각의 활동은 장르가 다르지만 그 다양성은 공통된 신념으로 수렴되는 것으로 보인다. 시인의 시를 읽을 때 느껴지는 것과 그의 사진을 볼 때 느껴지는 것은 같은 맥박 위에 놓여 있다.

그것을 이름한다면 뭐라 부를 수 있을 것인가. 이를테면 생동하는 것, 두근두근 약동하는 것, 살아 있고 뜨거운 무엇. 이 시인의 모든 예술 활동과 그 배경에는 이러한 생동의 용솟음이 느껴진다. 이러한 작가의 예술적 지향을 가장 잘 요약한 자술을 찾으려면 "솔직한 사람 냄새와 그 어떤 뜨거움"*이라고 할 수 있을 것이다. 그랬다. 진짜 사람 냄새와 그 뜨거움의 추구는 시인 신현림의 영원한 모토이다. 1996년 『세기말 블루스』로 시단의 뜨거운 주목을 받을 때에도 이미 그러했고 지금 2020년에도 아직 그러하다.

신현림 시인의 시적 계보를 따져 볼 때 우리는 이 시인의 존재가 우리 시단에서 상당히 낯선, 그리고 독특한 지점에 있음을 깨닫게 된다. 우리 시의 주된 계열은 모더니즘과 전통적 서정시로 양분된다. 특히 전자의 계열은 시를 제작되는 무엇으로 파악한다. 모더니즘 계열의 시학을 거치며 시는 지극히 근대적인 산물의 하나로 자리 잡게 된 것이다. 다소 이지적인 시는 필연적으로 관념적인 성격에 걸쳐 있게 된다. 이러한 지적인 시의 계열이 '머리의 시'라고 부를 수 있다면 신현림 시인의 시는 '몸의 시'에 가깝다. 관념이 아니라 경험, 생각이 아니라 실천, 조직이 아니라 이침. 신현림 시인은 경험의 직접성을 진리로 신봉한다. 살아 있는 오늘, 살아 숨 쉬는 사람이 바로 그의 신이고 진리다. 이번 시집의 제목에서부터도 '몸의 시'가 느껴지지 않는가. '7초간의 포옹'이라는 표제는 바로 몸의 생각, 마음, 행위까

* 신현림, 「후기」, 『세기말 블루스』(창비, 1996).

144

지를 담고 있으니 말이다.

'포옹', 사람에 대한 무한 긍정과 그 역능

신현림의 시에는 원초적 사람 냄새가 깔려 있다. 그것은 단지 있지 아니하고 정동과, 이미지와, 언어라는 삼위일체를 통해 입체적이고 지속적으로 추구된다. 그리하여 우리는 신현림의 시를 읽을 때, 사람에 대한 무한 긍정과 그것의 역능에 대해 생각하지 않을 수 없다.

손을 잡으면 슬픈 사람이
금세 안정을 찾는다죠
따스히 손잡는 일은
세상이 넓어 보이는 일이었어요

살아서 일 일은 힘든 손 잡기
안아 주는 일임을 알았어요

당신을 안으면 힘이 나시겠죠
더 넓어 보이는 하늘
빨개지는 당신 손

　　　　　　　　　　　　　—「7초간의 포옹 1」에서

그의 시집 어디에건 '사람, 사람, 사람⋯⋯'에 대한 주목이 담겨 있다. 시인은 사람에 대한 긍정과 강조를 아끼지 않으며 이것은 비단 이번 시집에만 국한되지 않는, 신현림 시인의 항상성에 해당된다. 이번 시집에서 주목할 점은 사람 긍정의 지향성이 특히나 '포옹'으로 특화되고 있다는 것이다. 시인은 사람에게 있어 가장 중요한 요소란 직접적인 접촉과 소통이라는 사실을 경험적으로 혹은 체질적으로 파악했다. 이성과 논리 위에 구축된 현세계에서 우리는 이 사실을 자주 잊고 살게 된다. 가장 중요한 사실을 잊고 사는 현재를 생각한다면, 신현림 시인의 이 주목이 지닌 의미를 알 수 있다.

우리는 포유류의 일종이며 영장류의 하나로서 유한한 유기체에 속해 있다. 영민한 사피엔스, AI의 주인이기 전에 우리는 생명체이고 동물이며 사람이다. 그러나 사람에 관한 가장 간단한 진리는 이제 퇴색되어 가고 있다. 근대는 사람이 여타 동물과 다르며, 더 멀리 나아가야 하며, 나아갈 수 있다고 합의하고 시작되었다. 우리는 문명의 이름으로 야만성을 사냥하면서 우리의 생물체적 속성까지 모두 무덤에 묻고 돌아온 듯하다. 그래서 인간 사이의 직접적인 접촉을 배우고 실천하는 경우는 점점 줄어들었다. 이런 상황에서 읽는 「7초간의 포옹 1」은 어떠한가. 시인은 잊지 않고 있다. 지식보다 우선되는 것은 손잡는 일이며 논리보다 중요한 것은 안아 주는 일이라는 사실을. 시인은 이 간단하고 중요한, 사람의 일을 강조한다. 몸을 통한 직접적 접촉은 사람에게 사람을 돌려주는 일이다. 그것은 일종의 회복이며 복귀이고 위안이고 치료다. 사람에게 필요한 것은 사람이라는 긍정이야말로 시인이 가장 문제적으로 다루는 시적 화두라고 할 수 있다.

　　사람의 몸은 참 따뜻해
　　7초간 포옹했을 뿐인데
　　비 그친 후의 태양처럼 향기롭지

　　사람끼리 닿으면 참 많은 것을 낫게 해
　　상처가 낫고 슬픔이 가라앉고
　　외로운 눈동자가 달콤한 이슬비에 젖지

　　닿고 싶어, 낫고 싶어
　　온통 기쁨을 낳고 싶어
　　당신과의
　　가슴 뭉클한

　　7초간 포옹
　　　　　　　　　　　　—「7초간의 포옹 2」

　이 시에서도 사람 사이의 접촉과 그것이 가져오는 역능

이 폭풍처럼 강조되고 있다. 시인에게 있어 '포옹'은 사람의 생명력을 교환하고 증폭하는 행위를 의미한다. 사람은 본질적으로 포옹을 필요로 하고, 원하며 이 행위를 통해 '사람스러움'을 회복하게 된다. 뇌만 남고 육체를 잃어버린 병리학적 세계에서 신현림의 이러한 시도는 삶의 건강성에 대한 추구로 이어질 수 있다. 시 속에서 구현되고 지향하는 삶만 건강한 것이 아니다. 나는 이 시인을 만난 적이 없지만 그의 시를 읽으면 시뿐만 아니라 시인 자체의 뜨거움과 맑음을 간접적으로 전달받을 수 있다.

등단 초반에 시인 신현림은 "패기만만"하고 "활달"하며 "자유롭고 파격적인"(이승훈) 시인으로 평가된 바 있다. 젊은 시기에는 '패기'라는 수식어가 어울릴 가능성이 높다. 그러나 젊은 육체가 소진된 이후에도 끓는 피를 유지하기란 쉽지 않다. 사람에게 세월은 절대적인 요소라서 나이를 먹어 가면 대개 피는 차갑게 식게 마련이다. 그러나 신현림의 이번 시집을 보면 그가 나이 때문이 아니라 기질적으로 뜨거웠음을, 영혼 사제와 삶의 기반 자체가 자유이고 열정이고 혁명이었음을 알 수 있다.

신현림의 지난 행보부터 오늘의 시집까지를 근거로 삼는다면 이 시인은 분명 건강한 정신, 흔들리되 쓰러지지 않는 정신력, 좌절해도 포기하지 않는 생에 대한 애정을 지니고 있다. 이 내면으로 인해 본인 개인은 남들보다 더 많은 기복과 충돌과 좌절을 겪었으리라 추측된다. 이 시인의 내

면에 대해 언급하는 이유는 그가 너무나 솔직한 시인이기 때문이다. 이 시인의 삶은 시, 시는 곧 삶인 듯하다. 마치 예술이라는 삶, 삶이라는 예술에 영혼 마지막 한 오라기, 피 마지막 한 방울까지 바치려는 듯한 열정이 그의 작품들에서 느껴진다. 이런 시인이 '포옹', 그것을 예찬할 때에는 그 절실함이 허투루 들리지 않는 것이다.

우리는 꼭 껴안았다
껴안을 땐 서로 부드러운 스펀지가 되어
서로의 염려와 슬픔을 빨아들인다
우리가 껴안는다는 건
나는 네 안에 있어
언제 어디서든 외로워하지 말라는 뜻

(중략)

사람은 그저 누군가가
옆에 있기만 해도 살아갈 수 있다

고래가 하늘로 날아오른다
                            ──「포옹이 주는 위로」에서

「포옹이 주는 위로」를 보면 포옹의 순간에 사람과 사람은 서로에게 깊이 관여하여 에너지를 나눈다. 신현림 시인은 사람 개인을 개별적으로 분리된 개체로 인식하기보다는 하나의 에너지장 안에서 서로 얽혀 있어야 생명을 유지하는 유기체의 일부로 파악하는 듯하다. 여기에서 우리는 메를로 퐁티의 세계에 대한 정의를 떠올릴 수 있다. 퐁티는 세계란 하나의 거대한 몸이라고 해석한다. 사람의 몸을 중심으로 유기적으로 하나가 되어 서로 정보를 주고받는, 또 다른 거대한 몸이 바로 이 세계라는 설명이다. 신현림 시에서도 몸과 몸이 서로 연결되어 있다는 인식, 그리고 이 몸과 몸이 서로를 기억하고 사랑할 때 더 큰 몸으로서의 사회가 살아난다는 인식이 돋보인다.

이렇듯 몸에 대한 긍정과 강조는 더 큰 몸, 즉 '사회'에 대한 고찰로 이어진다. 이번 시집에 들어 있는 시는 개인적 '포옹'을 다룬 서정적 분위기의 시, 자신의 어머니와 딸로 이어지는 가족에 대한 시, 그리고 마지막으로는 날카로운 현실 비판의 시로 삼분될 수 있다. 그런데 '포옹'의 시, '몸의 시'와 현실 비판의 시는 서로 분위기는 나를지언정 같은 뿌리에서 출발한다. 우리가 삭막한 시대를 건너더라도 서로 분리되어서는 누구도 행복할 수 없다는 생각, 모든 몸이 모든 몸과 연결되어 있다는 인식 말이다.

'더 큰 몸'은 병들어도 울지 못하고

이 시집의 중심에는 개인간 '포옹'의 시가 놓여 있다. 그리고 '포옹의 시'는 변주되어 포옹이 사라진 사회에 대한 비판으로 이어진다. 포옹 있는 상황에 대한 상상력이 긍정의 에너지를 표출한다면, 최소한의 사회적 포옹마저 사라진 사회에 대한 우려가 비판적 에너지로 증폭된다. 그래서 이 시집의 일부는 포옹과 사람다움에 대한 긍정으로 따뜻하고, 또 다른 일부는 시니컬하고 매섭다. 알다시피 신현림 시인의 또 다른 특징은 혹자에게는 발랄함, 혹자에게는 개성으로 표현되었던 거침없음이다. 이번 시집에서도 시인은 거침없이 혹은 신랄하게 비판한다. 아닌 것은 아니라고 꼬집고, 우스운 것은 우습다고 비웃는다.

이곳은
서로 안부 묻는 법을 잊었고
서로 생각이 다르면 등 돌리고
자신만의 흰 목마를 돌릴 뿐이네
흰 목마가 도는 집을 들기도 벅차서
몸도 자꾸 아프고 줄어드네

부자거나 월급, 연금 타는 이들은
이곳에 나쁜 일이 없다 말하고

시장 가게와 푸른 작업복을 입던

일꾼들은 무너져 가는 나라를

느낀다고 아파하네

설마설마했던 일들이 벌어지고

계급의 강물은

움직일 수 없이 딱딱해지네

　　　　　——「이곳은 안부 묻는 법을 잊었고」에서

　앞 장에서 「7초간의 포옹」이 가장 찬란하고 긍정적인 상황을 노래한다면, 이 시는 그 정반대의 대척점에 놓여 있다. 시인의 눈앞에 펼쳐진 현실 세상에는 포옹이 없다. 포옹은커녕 그 사소한 '안부'조차 묻지를 않는다. 사람과 사람의 가장 전폭적인 만남이 포옹이라면, 안부 묻기는 가장 사소한 접점 확인이라고 할 수 있을 것이다. 배려, 관심, 사랑, 이해가 전부 사라진 마당에서 사람은 자꾸 몸이 아프다. 몸만 아픈 것이 아니라 '더 큰 몸'으로서의 사회도 아프다. 이성복 시인이 주목하고 80년대가 공감했던 그 상황, 즉 모두가 병들었지만 아무도 병들었다고 말하지 못하는 상황이 은밀하게 악화되고 있는 것이다.

　왜 생각이 다르면 포옹하기 힘든 건지

　찾을 수 없는 답이 찾아질 때까지

헤매며 끝내 당신에게로 흘러갑니다

(중략)

모두 아프면서 뒤척이는 나라입니다
우리는 어떻게 되는지요 어디로 가는지요
주머니는 자꾸 비워져 마음이 트더지고
서민의 눈물은 소나기로도 쏟아지지 못하는 시간
　　　　　　　　　　　—「내가 나이기도 전에」에서

　이번 시집을 찬찬히 읽어 내려가다 보면 아름다운 구절
에서건, 비참한 상황 앞에서건 일종의 절규를 느낄 수 있
다. 이것을 간략히 정리하자면 '우리는 사람이다.'라거나 '우
리는 여전히 사람이고 싶다.'쯤에 해당할 것이다. 왜 내가
너와 떨어져 외로움에 떨어야 하는가. 왜 나와 너는 안부
를 묻지도 못하는 상황이 되었는가. 그래서 우리는 얼마나
아프게 되었는가. 이런 아쉬움과 비판과 성찰이 그의 시에
는 가득하다. 사람이 그저 사람이 되고 싶었을 뿐인데 그
렇지 못하게 되었다는 비판은 「내가 나이기도 전에」에서도
드러난다. 불신과 반목, 배척과 아픔의 상황은 나아지지 않
고 그것은 비단 한 개인의 문제가 아니라 더 큰 몸(사회)의
전반적 상황이 되어 버렸다.
　포옹의 반대말은 분리인 줄 알았는데 시인은 포옹의 반

대말이 아픔이거나 울음이라고 쓴다. 사람다움의 접촉을 희구하지만 그것의 실체가 희미해지는 세상에서 시인은 아프고 슬프다. 시인의 첫 시집부터 이번 시집까지 놓고 바라보면 언제고 시인은 울음의 편에 가까웠다. 솔직하고 천진한 울음부터, 자신의 상처를 용감하게 드러내는 울음, 으르렁거리는 분노의 울음까지 신현림 시인에게 울음이란 목소리 내기의 일종이었다. 지금까지 신현림의 울음은 구슬프거나 슬픈 쪽은 아니었다. 그는 울음으로 강력해졌고, 울음으로 커졌고, 울음으로 단단해졌다. 이를테면, 상승의 에너지랄까 그런 솟음이 그의 울음에는 함께했었다. 그런데 이번 시집에서는 조금 다른 울음이 추가되었다. 다소 축축한, 지치고 고단한, 찢기고 창백한 울음 말이다.

> 나는 해진 신발이다 아무 쓸모없고 슬프다
> 아무도 모르고, 아무에게도 갈 힘이 없다
> 나는 안개에 젖은 나무 그림자며
> 안정에 낀 얼룩이며
> 아무것도 넣고 싶지 않은
> 텅 빈 자루다
>
> (중략)
>
> 스스로 힘없음을 받아들이고

단단하게 굳은 시멘트 계급을 받아들이고

또 무엇을 받아들여야 하나

                                ——「얼룩」에서

「얼룩」에서는 시인의 새로운 울음이 발견된다. 이 자화상 적인 시는 시인의 우울하고 얼룩진 얼굴을 발견한다. 그것은 용솟음의 울음보다는 안으로 잦아드는 울음, 멀리 퍼져 나가는 울음이 아니라 속을 후비는 울음에 해당한다. 포옹이라는 에너지원이 끊긴 사회에서 열정의 목소리를 발하는 것은 힘겨운 일이다. 전쟁 같은 상황이 지속되면 지칠 수밖에 없다. 중요한 점은 여기서 시인을 힘겹게 만드는 원인이 개인 내적인 상황이 아니라 외적인 상황이라는 것이다. 힘없는 그대로 살라는 사회의 주문, 더 나은 너를 희망하지 말라는 압박. 그 안의 절망이 「얼룩」에 새겨져 있다.

그럼에도 불구하고 이 시집의 놀라운 지점은 「얼룩」의 앞과 뒤에 여전히 희망의 '포옹'들이 포진하고 있다는 사실이다. 「얼룩」의 전에도, 후에도 포옹의 찬란함을 희망하는 시들이 있다. 하나의 얼룩을 여러 포옹들이 감싸고 있다. 이 시인의 안위와 앞날을 자신이 낳은 포옹들이 안아 주기라도 하는 듯, 이 시집은 적은 얼룩을 많은 포옹이 감싸는 형국으로 이루어져 있다.

모성적 세계의 발견과 포옹의 연계

앞서 시인의 가라앉는 마음을 시인의 포옹들이 감싸고 있다고 말했다. 시인의 좌절을 시인의 희망이 구원한다. 세계는 병들고, '더 큰 몸'인 사회는 아프고, 누구도 안부를 묻지 않는 사회에서 어떻게 이럴 수 있을까. 희망이 좌절을 포옹하는 힘은 어디에서 나오는 것일까. 이 시집에서 시인은 자신에게 남은 포옹을 간접적으로 드러내고 있다. 자신의 어머니에게서 시인에게로 전해져 온 포옹, 시인이 자신의 딸에게로 전하는 포옹이 그에게는 남았다. 모성적 세계의 발견을 통해 스스로 밝혀낸 포옹의 에너지가 이 시집의 일부를 이룬다. 시인에게는 이 모성적 포옹의 연계야말로 어두운 세상을 밝히는 등불과 같았을 것이다. 그리고 이 포옹의 출발은 어머니였다.

> 엄마의 말은 나를 쓰러지지 않게 받쳐 준 지지대였네
> 인생에서 잃기만 한 것이 아니라
> 사랑받았다는 추억이 어두운 몸에 불을 밝히고
> 답답할 때마다 물기 젖은 바람을 불러오네
>
> ──「엄마의 말」에서

시인이 쓰러졌을 때 그를 일으킨 건 '엄마의 말'이었다. 이 시인의 시는 목청이 크다. 그 큰 목청으로 지금껏 노래

를 부른 것은 그의 타고난 성량 덕분이기도 하겠지만, 나는 그가 누군가를 부르고 있었다고 생각한다. 큰 목소리를 쥐어짜는 한이 있어도 자신과 같이 '우리는 사람입니다.'라는 메시지를 동지들을 향해 보내고 있었다고 생각한다. 시인도 알고 있겠지만, 그는 동지를 찾고 있어도 쉽게 회신을 받을 수 없는 시대를 건너고 있다. 목소리를 내기만 할 때, 그는 힘과 기회와 희망을 조금씩 소진해 간다. 이럴 때 그를 받쳐 준 것은 '엄마의 말'이었다.

그리고 이제 시인의 목소리는 또 다른 '엄마의 말'이 되고자 한다. 이 시집을 다 읽고 나면 이것이 누군가에 대한 헌정 시집이라는 깨달음을 얻을 수 있다. 누군가란 바로 시인의 딸이다. 「쓸쓸한 유리병」이라든가 「10월」, 「꾸준히」, 「너무나 괴로웠던 일은」 등의 시편들은 딸을 수신자로 하고 있다. 자신이 받았던 '엄마의 말'을 딸에게 돌려주고 있는 것이다. 이 말의 수신과 발신은 일종의 언어적 '포옹'이며 여기에는 마음의 '포옹'이 담겨져 있다. 어머니 — 자신 — 딸로 이어지는 모성적 연계 안에서 시인은 상징적 포옹을 발견하고 확인한 것이다.

몸의 언어인 '포옹'을 통해 사람을 살리는 치유의 시, 포옹을 잊은 사회의 죽어 가는 현장의 시, 모성적 포옹의 언어 속에서 새로운 포옹을 모색하는 시. 이 시집은 이렇게 세 가지 서로 다른 포옹의 면모를 함축하고 있다. 다각도의 포옹은 시인을, 사람을, 사회를 살린다는 공통점을 지니고 있다. 시인은 그의 시 「울음 상자」에서 "달라서 멀어지는 일은 작은 죽음이다"라고 표현한 바 있다. 누구보다 생명력 넘치는 신현림 시인에게 있어서 차별, 차이, 분리, 격절은 일종의 사회적 죽음이고 영혼의 죽음이다. 시인은 아무리 이 세상이 바뀌었다고 해도 사람의 본질은 바뀌지 않는다고 본다. 그 본질이란 바로 사람은 함께하는 존재, 사람은 함께 사는 존재라는 것이다.

> 천년 전이나 인공 지능 시대나 무어가 달라졌나
> 다 바뀌어도 죽음과 마음은 바꿀 수 없지 않나
> 행복은 사랑하는 마음속에 있음은 바뀌지 않아
> 사랑을 주는 자만이 희망을 만드는 노래
> 사랑을 주는 자가 그리운 시대에
> 사랑스럽게 여름 선착장에서 울려 퍼지네
>
> ──「천년 전 각설이가 돌아왔네」에서

　신현림 시인의 정체성은 아마도 '사랑이 많은 자', '사랑을 주는 자'에 가까워 보인다. 우리 사회의 현주소를 생각한다면 이 정체성을 지니고 사는 일은 앞으로도 더 힘들어질 것이고 시인의 외로움은 필연적일 것으로 보인다. 그럼에도 불구하고 이 시집은 '사랑을 주는 자'가 다른 '사랑을 주는 자'를 호출한다는 의미가 있다. 위의 시를 보아하니 이 시인의 목청은 아직 꺼지지 않았다. 마음이 바뀌지 않은 이상, 시인의 이상 역시 바뀌지 않는다. 이 시집이 딱 그렇다. "사랑을 주는 자만이 희망을 만드는 노래"로 가득 차 있는 것이 바로 신현림의 시집 『7초간의 포옹』인 것이다.

지은이   신현림

경기 의왕에서 태어났다. 아주대학교 국어국문학과를 졸업하고, 상명대
학교 예술디자인 대학원에서 비주얼아트로 석사 학위를 받았다.
《현대시학》으로 등단, 시집으로 『지루한 세상에 불타는 구두를 던져라』,
『세기말 블루스』, 『해질녘에 아픈 사람』, 『침대를 타고 달렸어』, 『반지하
앨리스』, 『사과꽃 당신이 올 때』가 있다. 『나의 아름다운 창』, 『신현림의
미술관에서 읽은 시』, 『애인이 있는 시간』, 『엄마 살아 계실 때 함께 할 것
들』, 『아무것도 하기 싫은 날』 등 다수의 에세이집과 세계 시 모음집 『딸
아, 외로울 때는 시를 읽으렴』, 『시가 나를 안아 준다』 등을 출간했다. 동
시집 『초코 파이 자전거』에 수록된 시 「방귀」가 초등 교과서에 실렸다.
2018년 영국 출판사 'Tilted Axis'에서 한국 대표 여성 시인 9인으로 선정
되었고 2019년 계간 《문학나무》 가을호에 단편소설 「종이 비석」이 추천
당선되었다.
사진작가로서 세 번째 사진전 '사과밭 사진관'으로 2012년 울산 국제 사
진 페스티벌 한국 대표 작가로 선정되었고 사과 던지기 사진 작업인 '사과
여행' 시리즈를 계속하고 있다.

7초간의 포옹

1판 1쇄 펴냄 2020년 2월 14일
1판 2쇄 펴냄 2022년 11월 21일

지은이 신현림
발행인 박근섭, 박상준
펴낸곳 (주)민음사

출판등록 1966. 5.19. (제16-490호)
서울특별시 강남구 도산대로1길 62(신사동)
강남출판문화센터 5층 (06027)
대표전화 02-515-2000 / 팩시밀리 02-515-2007
www.minumsa.com

ISBN 978-89-374-0887-8 04810
     978-89-374-0802-1 (세트)

* 잘못 만들어진 책은 구입처에서 교환해 드립니다.

민음의 시

민음의 시
목록